Was ich Dir schon immer sagen wollte

Lena Frey

Was ich Dir schon immer sagen wollte

111 besondere Liebeserklärungen

EHRENWIRTH

Für meine Lieben

Vorwort

Alles dreht sich um sie: die Liebe. Denn die Liebe ist das größte, schönste und aufregendste Mysterium der Menschheit. Immer wieder stehen wir staunend davor und wundern uns über die berauschenden Gefühle, die sich in uns regen, wenn ein Mensch in unser Leben tritt, dessen Augen heller strahlen als die Sonne und dessen Lächeln wärmer ist als ein Tag im August.

Wie viele Vergleiche bemühte die Literatur, wie viele Lieder versuchten sie zu beschreiben: Von Heinrich Heine bis Robbie Williams – alle haben es probiert, haben auf ihre ganz eigene Art und Weise Empfindungen Ausdruck verliehen, die so groß waren, dass sie nicht nur im Inneren bleiben konnten. Die schönsten Briefe wurden aus Liebe geschrieben; Remarque legte Marlene Dietrich darin die Welt zu Füßen. Edith Piaf besang die

Liebe mit einer Stimme, die jedem Zuhörer warme Schauer über den Rücken jagte.

Es gibt für *jeden* unendliche Möglichkeiten, dem wichtigsten Menschen der Welt die Liebe zu erklären, denn die Liebe bringt Saiten zum Klingen, die oft unberührt und still darauf warten, dass eine fremde Hand sie berührt. Dann öffnet sich das Herz und strömt über vor Glück, Freude, Übermut und Sehnsucht, die ein Zuhause suchen. In solchen Momenten ist nichts banal, nichts trivial und nichts bedeutungslos, denn alles ist bewegt durch die Kraft des Herzens.

Vergessen Sie es nicht, haben Sie keine Angst, und vor allem – verpassen Sie keine Gelegenheit, einen leuchtenden Augenblick mit einer Liebeserklärung ewig zu machen. Er kommt nie wieder.

Lena Frey im März 2004

Wie schön, dass
ich Dich gefunden habe,
ich hätte Dich sonst
ein Leben lang gesucht.

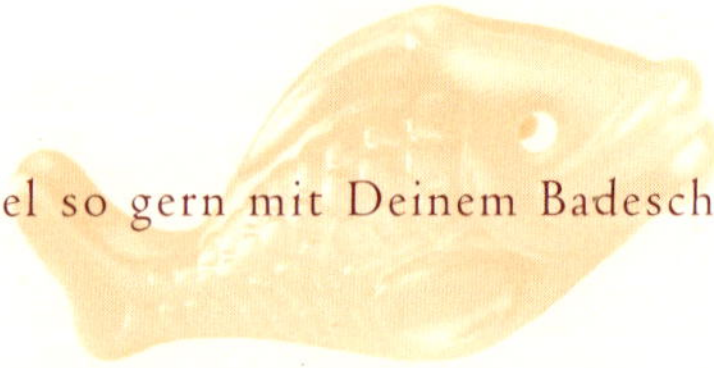

Ich spiel so gern mit Deinem Badeschwamm.

Komm,

ich schenk

Dir ein

Klatschmohn-

feld.

Wenn es Dich

nicht gäbe,

würde ich Dich

erfinden.

Du bist mein Planet, ich möchte immer um Dich kreisen.

Ich würde Dich

mit Haut und Haar

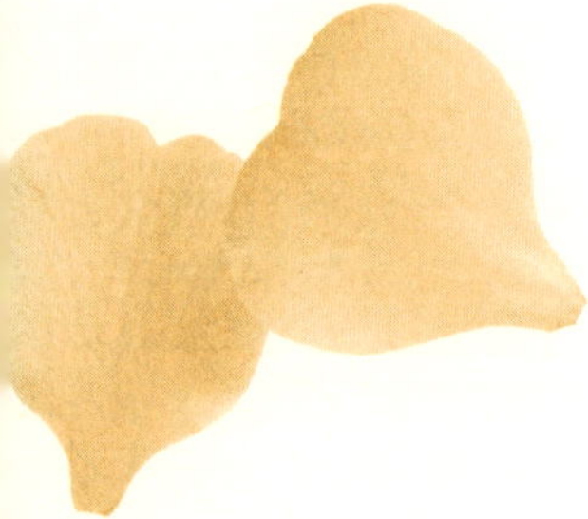

verschlingen,

säßen wir nicht

im Bummelzug

nach Bingen.

Du bist

die *Schwalbe*,

die meinen

Sommer macht.

Du bist *einzigartig*.

Wenn

wir zusammen

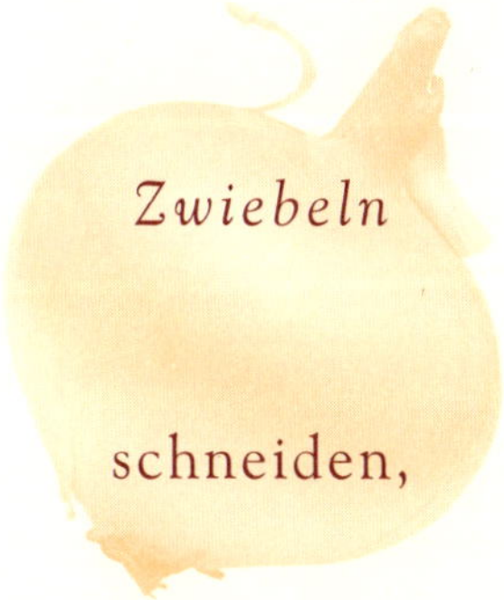

Zwiebeln

schneiden,

weine ich nur

vor Glück.

Unser Lied im Radio –

und mein Herz tanzt

Cha-Cha-Cha.

Wonach sollte

ich mich sehnen,

wenn nicht

nach einem Leben

mit *Dir*?

Ein Nachmittag

auf *rosa Wolken* muss

nicht zu Ende sein,

wenn es dunkel wird.

Es gibt so viel Neues
zu entdecken, und trotzdem sehe
ich immer nur Dich.

Spürst Du den Luftzug, wenn mein Herz

Dir entgegenfliegt?

Mit Dir würde

ich mich vom

Himmel stürzen.

Der *Fallschirm*

bist Du.

Könnten Wunder

Namen tragen,

hießen sie wie

Du.

Mit Dir würde ich sogar mein Lieblingsbrötchen teilen.

Selbst der Mond freut sich über uns,

er lächelt so verschmitzt.

Es macht nichts,

dass Du Angst vor

Drachen hast.

Schön, dass

Du mich

jeden Morgen

in den

Arm nimmst.

Du fährst wirklich gut Auto.

Du schmeckst so süß wie Schokoladeneis.

Die Welt

dreht sich

schneller,

seit ich

Dich kenne.

Didgeridoo –

so schön

klingst Du.

Ich streite gern mit Dir,

weil die Versöhnung

so schön ist.

Was brauche ich noch Geschenke?

Ich habe ja Dich.

In Deinen Augen

kann ich die

Welt sehen und

darüber *lächeln*.

Dein *Grübchen*

kennt keiner

so gut wie ich.

Wann wird es

endlich wieder

Frühling?

Ich liebe Deine

jungen Triebe.

Ich würd so gern in Deinem T-Shirt schlafen.

Lass uns mal

wieder

durch *Pfützen*

springen.

Küss mich oben,

küss mich unten,

küss mich immer

wieder.

Dein Lachen perlt wie Champagner.

Dir widerstehen?

Das sollen die anderen.

Ich fühl mich

wohl an

Deiner Haut.

Dein

nackter *Po*

verlockt

mich so.

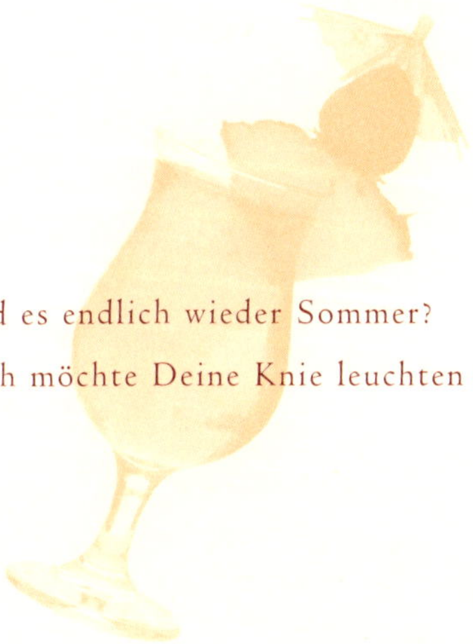

Wann wird es endlich wieder Sommer?

Ich möchte Deine Knie leuchten sehen.

Du bist die Sonne, in der ich mich wohlig räkele.

In Deiner Hand

fühlt sich mein Kopf

so *leicht*.

Wie gut,

dass Du *Spuren*

hinterlässt.

Ich möchte Dir

immer folgen.

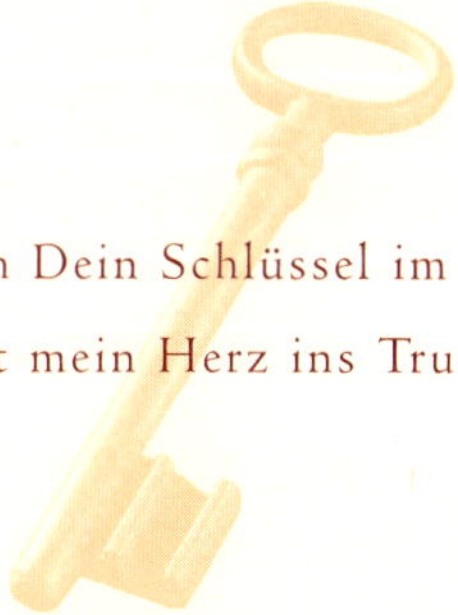

Dreht sich Dein Schlüssel im Schloss,

kommt mein Herz ins Trudeln.

Mit Dir würde ich durch den

Atlantik schwimmen.

Wir könnten ruhig mal

wieder tanzen,

denn mit Dir *schwebt*

es sich so gut.

Schau nur,

all die

schönen *Pferde*,

die wir

gestohlen haben!

Keiner riecht so gut wie Du.

Weißt Du,

wie nah ich Dir bin,

selbst wenn

Du fern von mir bist?

Du hast mein *Herz*

gestohlen,

aber ich wünsch es mir

nie zurück.

Du bist der

Regenbogen

an meinem

Horizont.

Du liebst so seidenweich.

Ich pack Dich in mein Handgepäck

und nehm Dich immer mit.

Ich möcht mich

an Deiner

Liebe besaufen

und mit Dir

unter der Bettdecke

raufen.

Ich geh dann mal –

und bleibe in *Gedanken*

doch bei Dir.

Du lachst wie ein warmer Sommerregen.

Ich liebe Dich zum Rotwerden.

Noch nie hat

sich Glück

besser angefühlt

als *jetzt*.

Ohne Dich

wär mein

Herz so *leer*.

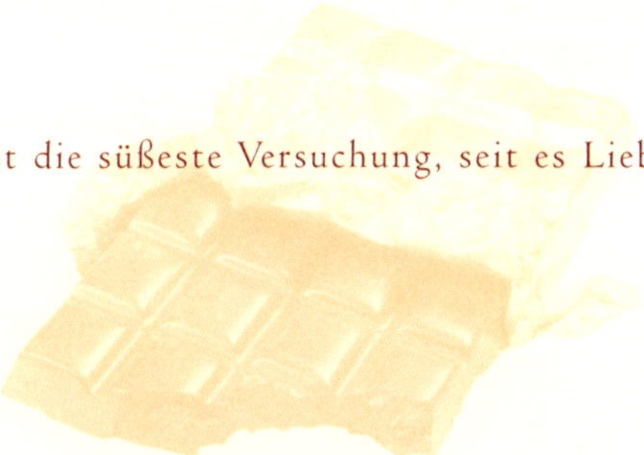

Du bist die süßeste Versuchung, seit es Liebe gibt.

Du bist die Flut,

die mich mitreißt,

Du bist das Meer,

das mich umfängt.

Auf Deinen Wellen

reite ich bis

zum Horizont.

Dein Lachen ist

so *ansteckend.*

Dir würde ich sogar in

die *Hölle* folgen –

im siebten Himmel sind

wir ja schon.

Ich schenk Dir jeden Tag mein Herz.

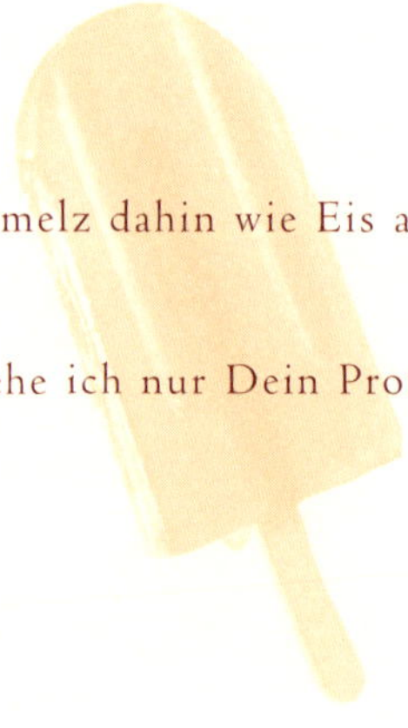

Ich schmelz dahin wie Eis am Stiel,

sehe ich nur Dein Profil.

Komm, wir hauen

einfach ab.

Lass uns zusammen

Sterne zählen.

Ich hab Dich zum
Fressen gern,
doch was mach ich mit
dem harten Kern?

Ich bin eifersüchtig auf

Dein Badewasser.

Wenn *niemand* sieht,

dass mir zum Heulen ist,

nimmst Du mich

einfach in den Arm.

Deine Wimpern

sind so süß

beim *Klimpern*.

Wo Du bist, ist das Paradies.

Schmetterlinge im Bauch,

Flöhe im Ohr,

der Bär, der tanzt –

und Du,

Du bist das tollste Tier

in meinem Streichel-Zoo.

Leuchtturm meines *Glücks*,

weise mir den Weg.

Du bist mein Himmel,

der *grenzenlos* ist.

Der Alltagstrott wird zum Spaziergang – mit Dir.

Liebling, Du siehst toll aus!

Deine Ohren

sind am

schönsten,

wenn sie

rot sind.

Lass Dich

mit mir

vom Winde

verwehen.

Alle hupen – wegen mir.

Und ich fahr nicht – wegen Dir.

Der Duft des Regens

am Tag danach, weißt Du noch?

Dein *Nabel*

ist für mich

die Welt.

Deine

Zungenspitze

ist so gut

im *Tränen*

fangen.

Halt mich fest, sonst heb ich ab vor Glück.

Wann wird es endlich

wieder Herbst?

Dann kann ich mit

Dir durch die

Stürme wirbeln.

Dich zu lieben ist

wie *Karussell* fahren –

es macht schwindlig

vor Glück.

Mit Dir erscheint mir

mancher Berg

nur wie ein kleiner

Heidehügel.

Unser Sommer übersteht jeden Winter.

Ich lasse Schneeflocken

tanzen für Dich.

Unsere Liebe ist

kein Märchen,

wir werden nie sagen:

»*Es war einmal* ...«

In Deinen

Armen

ist die Nacht

so kurz.

Mit Dir würd ich über

die Milchstraße laufen

und einen Stern nach

dem andern Dir kaufen.

Wenn Deine Liebe

ein Handschuh ist, soll es

immer Winter sein.

Du bist so herrlich

unverkrampft.

Wenn Du nicht

mehr kannst,

werde ich Dich

tragen.

Dein Lachen ist

wie der Schaum auf dem

Cappuccino.

Warum steht die Zeit so still,

wenn ich auf Dich warte?

Vor Dir habe

ich die

Liebe nicht

gekannt.

Mit Dir wollt

ich selbst hinter

dem *Mond*

zu Hause sein.

Deine Küsse lassen mich den Sommer schmecken.

Allein für Dein Lächeln am Morgen

lohnt es sich aufzuwachen.

Für Dich mach

ich aus meinem

Herzen eine

Mördergrube.

Von Dir

lass ich mich

gerne

einwickeln.

Wenn ich Künstler wäre, würde ich nur noch Dich malen.

Du machst mich neugierig auf das Leben.

Ich zähle

die Tage bis

zu *Dir*.

Du bist so

süß wie

Zuckerwatte.

Wann wird es

endlich wieder Winter?

Ich möchte mit Dir

Schneeflocken fangen.

Es gibt nichts Wärmeres als einen

Regentag mit Dir.

Auf meinem Schoß

hast Du

Sitzplatzgarantie.

Schenk mir Deine

Fingerkuppen,

ich will sie überall

spüren.

Du bist das schönste Geschenk
unter meinem Weihnachtsbaum.

Du bist wie eine Blume, so hold

und schön und mein.

Herbstzeitlose

meines Lebens,

mit Dir

will ich blühen

und vergehen.

Von mir für Dich:

Von mir für Dich:

Von mir für Dich:

....

....

....

Von mir für Dich:

....

....

....

Von mir für Dich:

....

....

....

Bildnachweis:
Thinkstock: S. 9, 52, 122;
Back Arts: S. 10, 17, 18, 21, 25, 29, 36, 40, 60, 62, 64, 71, 75, 80, 83, 88, 91, 100, 103, 108;
John Foxx Images: S. 13;
Photodisc: S. 14, 22, 30, 33, 35, 43, 47, 48, 55, 67, 68, 72, 84, 87, 92, 95, 96, 104, 111, 113, 117, 125;
MH Foto Design: S. 26, 39, 64, 76, 79, 107, 114, 121;
Stockbyte: S. 44, 51, 56, 59, 118;
Imagesource: S. 99

Ehrenwirth
ist ein Imprint der Verlagsgruppe Lübbe

Originalausgabe

Gesamtgestaltung und Satz: Christina Krutz, Riedlhütte
Druck und Einband: Ebner & Spiegel GmbH, Ulm

Printed in Germany

ISBN 3-431-03601-5
1 3 5 4 2

Sie finden uns im Internet unter
www.luebbe.de